劉小屁

本名劉靜玟，小屁這個名字是學生時代與朋友一起組合而來的稱呼，因為有趣好笑又充滿美好的回憶，就將它當筆名一直沿用著。目前專職圖文創作家，接插畫案子、寫報紙專欄，作品散見於報章與出版社，並在各大百貨公司與工作室教手作和兒童美術。開過幾次個展，持續不斷的在創作上努力，兩大一小加一貓的日子過得幸福充實。

2010 年　第一本手作書《可愛無敵襪娃日記》
2014 年　ZINE《Juggling from A to Z》
2019 年　《小屁的動物成長派對》（共 6 本）
2020 年　《貝貝和好朋友》（陸續出版中）

貝貝和好朋友——上學趣

文　　圖	劉小屁
攝　　影	Steph Pai
責任編輯	朱永捷
美術編輯	黃顯喬

發 行 人	劉振強
出 版 者	三民書局股份有限公司
地　　址	臺北市復興北路 386 號 (復北門市) 臺北市重慶南路一段 61 號 (重南門市)
電　　話	(02)25006600
網　　址	三民網路書店 https://www.sanmin.com.tw

出版日期	初版一刷 2021 年 7 月
書籍編號	S319181
I S B N	978-957-14-7209-6

貝貝和好朋友 上學趣

劉小屁／文圖

三民書局

「大家早安！」
貝貝走進教室跟大家打招呼，

「今天有好多好玩的課，真是讓人期待！」大家七嘴八舌討論著。

第一節課是「說故事」。

阿雄搶先分享：

「我最喜歡《魚類圖鑑》這本書！」

「這不是故事書啦！」大家笑成一團。

鼠ㄕㄨ鼠ㄕㄨ帶ㄉㄞ了ㄌㄜ一一本ㄅㄣ好ㄏㄠ大ㄉㄚ——的ㄉㄜ書ㄕㄨ；
象ㄒㄧㄤ象ㄒㄧㄤ帶ㄉㄞ了ㄌㄜ一一本ㄅㄣ好ㄏㄠ小ㄒㄧㄠ——的ㄉㄜ書ㄕㄨ。

聽ㄊㄧㄥ了ㄌㄜ好ㄏㄠ多ㄉㄨㄛ的ㄉㄜ故ㄍㄨ事ㄕ，真ㄓㄣ開ㄎㄞ心ㄒㄧㄣ！

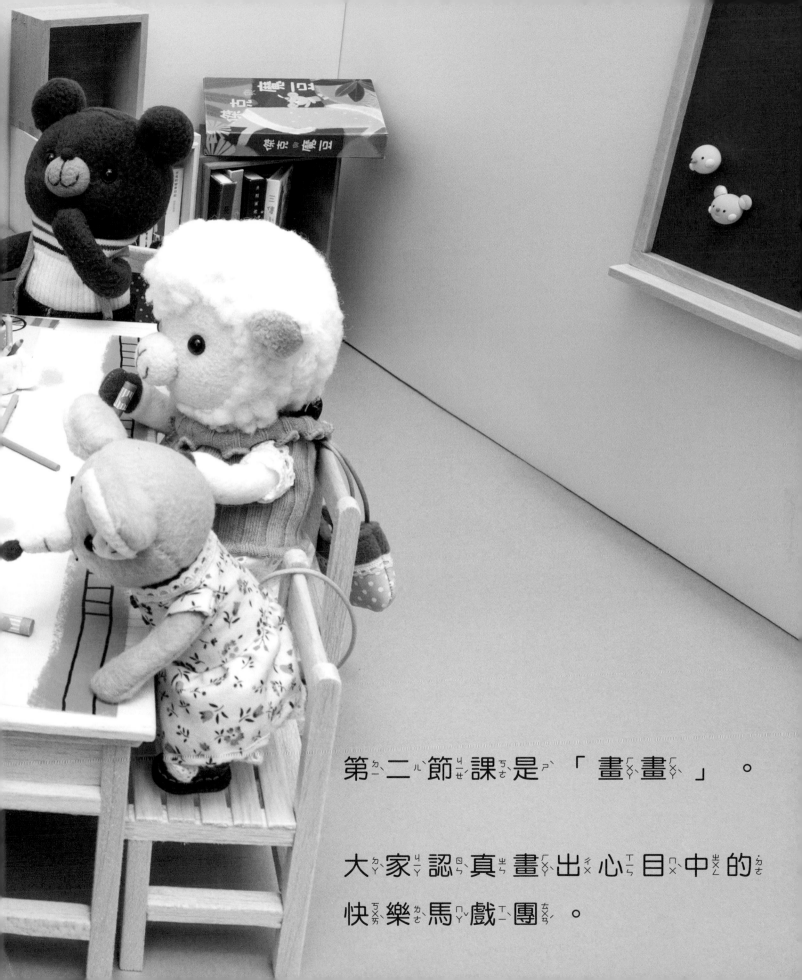

第二節課是「畫畫」。

大家認真畫出心目中的
快樂馬戲團。

「大家快看！這是我和鼠鼠一起
畫的馬戲團火車。」

小咩和鼠鼠畫了一張好長好長的圖畫，大家的作品都好精采！

第三節課是「體育」。
今天要比誰跳得比較遠，
妮妮跳得最遠，真厲害！

第四節課是「玩玩具」。
大家一起玩積木疊疊樂，
小圓一個不注意就把
積木弄倒了，細心的
貝貝疊得最高。

開動ㄉㄨㄥˋ囉ㄌㄜˊ!!

吃ㄔ午ㄨˇ餐ㄘㄢ時ㄕˊ間ㄐㄧㄢ到ㄉㄠˋ了ㄌㄜ！
大ㄉㄚˋ家ㄐㄧㄚ的ㄉㄜ便ㄅㄧㄢˋ當ㄉㄤ看ㄎㄢˋ起ㄑㄧˇ來ㄌㄞˊ都ㄉㄡ
好ㄏㄠˇ好ㄏㄠˇ吃ㄔ喔ㄛ！

吃完午餐，北極熊老師說：
「午睡起來，就是這學期的健康
檢查時間。」除了要檢查視力和牙
齒，還要檢查大家長高了多少，
長胖了多少。

妮ㄋㄧˊ妮ㄋㄧˊ視ㄕˋ力ㄌㄧˋ好ㄏㄠˇ棒ㄅㄤˋ，

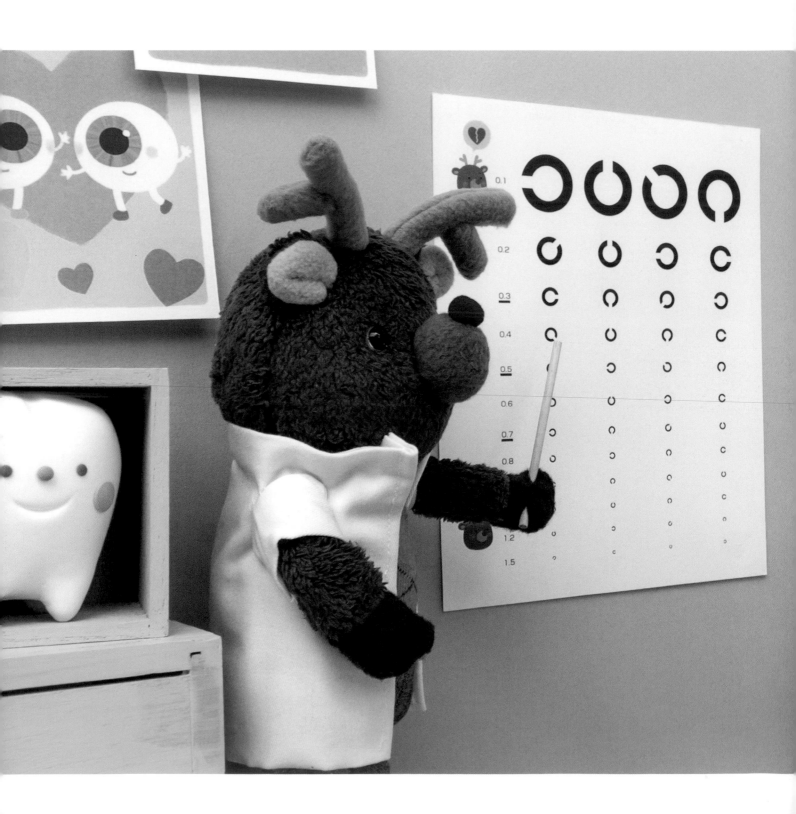

是ㄕ不ㄅㄨˋ是ㄕ因ㄧㄣ為ㄨㄟˋ常ㄔㄤˊ常ㄔㄤˊ吃ㄔ胡ㄏㄨˊ蘿ㄌㄨㄛˊ蔔ㄅㄛ呢ㄋㄜ ？

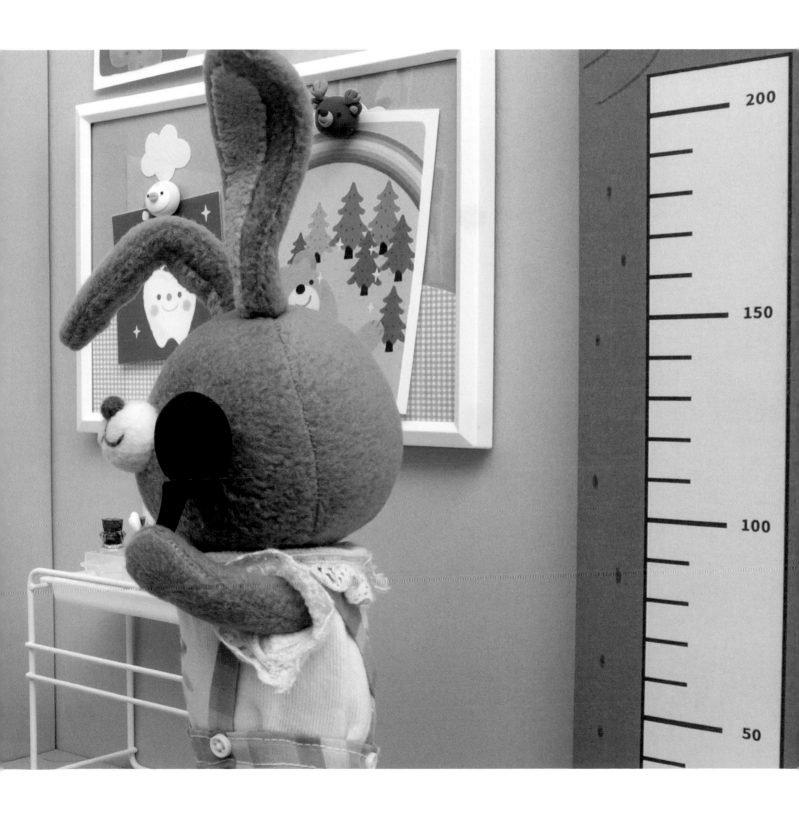

喜歡吃甜食的小圓，特別認真學習刷牙。
檢查完畢，大家的牙齒都很健康，真是太好了！

接ㄐㄧㄝ下ㄒㄧㄚˋ來ㄌㄞˊ就ㄐㄧㄡˋ要ㄧㄠˋ量ㄌㄧㄤˊ身ㄕㄣ高ㄍㄠ、
體ㄊㄧˇ重ㄓㄨㄥˋ囉ㄌㄨㄛ！
有ㄧㄡˇ的ㄉㄜ小ㄒㄧㄠˇ朋ㄆㄥˊ友ㄧㄡˇ想ㄒㄧㄤˇ變ㄅㄧㄢˋ重ㄓㄨㄥˋ一ㄧ、
點ㄉㄧㄢˇ，也ㄧㄝˇ有ㄧㄡˇ想ㄒㄧㄤˇ變ㄅㄧㄢˋ輕ㄑㄧㄥ一ㄧ點ㄉㄧㄢˇ
的ㄉㄜ，當ㄉㄤ然ㄖㄢˊ，大ㄉㄚˋ家ㄐㄧㄚ都ㄉㄡ希ㄒㄧ
望ㄨㄤˋ能ㄋㄥˊ長ㄓㄤˇ高ㄍㄠ一ㄧ點ㄉㄧㄢˇ。

量體重的時候，鼠鼠吸了好大一口氣，想讓體重稍微重一點。

而儿象ㄒ一ㄤˋ象ㄒ一ㄤˋ則ㄗㄜˊ是ㄕˋ用ㄩㄥˋ單ㄉㄢ腳ㄐ一ㄠˇ站ㄓㄢˋ立ㄌ一ˋ，以一ˇ為ㄨㄟˊ這ㄓㄜˋ樣ㄧㄤˋ量ㄌ一ㄤˊ起ㄑ一ˇ來ㄌㄞˊ會ㄏㄨㄟˋ輕ㄑ一ㄥ一一ˋ點ㄉ一ㄢˇ。

量身高的時候，大家站得好直好直，

妮妮豎起耳朵，只差沒有墊腳了。

象ㄒㄧㄤˋ象ㄒㄧㄤˋ以ㄧˇ為ㄨㄟˊ自ㄗˋ己ㄐㄧˇ是ㄕˋ全ㄑㄩㄢˊ校ㄒㄧㄠˋ最ㄗㄨㄟˋ高ㄍㄠ的ㄉㄜ ⋯⋯

最_{ㄗㄨㄟˋ}高_{ㄍㄠ}的_{ㄉㄜ˙}原_{ㄩㄢˊ}來_{ㄌㄞˊ}是_{ㄕˋ}隔_{ㄍㄜˊ}壁_{ㄅㄧˋ}班_{ㄅㄢ}的_{ㄉㄜ˙}長_{ㄔㄤˊ}頸_{ㄐㄧㄥˇ}鹿_{ㄌㄨˋ}
同_{ㄊㄨㄥˊ}學_{ㄒㄩㄝˊ}。

貝ㄅㄟˋ貝ㄅㄟˋ發ㄈㄚ現ㄒㄧㄢˋ，高ㄍㄠ一ㄧ點ㄉㄧㄢˇ的ㄉㄜ˙小ㄒㄧㄠˇ朋ㄆㄥˊ友ㄧㄡˇ可ㄎㄜˇ以ㄧˇ
幫ㄅㄤ忙ㄇㄤˊ拿ㄋㄚˊ高ㄍㄠ處ㄔㄨˋ的ㄉㄜ˙東ㄉㄨㄥ西ㄒㄧ，
矮ㄞˇ一ㄧ點ㄉㄧㄢˇ的ㄉㄜ˙小ㄒㄧㄠˇ朋ㄆㄥˊ友ㄧㄡˇ躲ㄉㄨㄛˇ貓ㄇㄠ貓ㄇㄠ時ㄕˊ能ㄋㄥˊ藏ㄘㄤˊ在ㄗㄞˋ
大ㄉㄚˋ家ㄐㄧㄚ看ㄎㄢˋ不ㄅㄨˋ見ㄐㄧㄢˋ的ㄉㄜ˙地ㄉㄧˋ方ㄈㄤ。

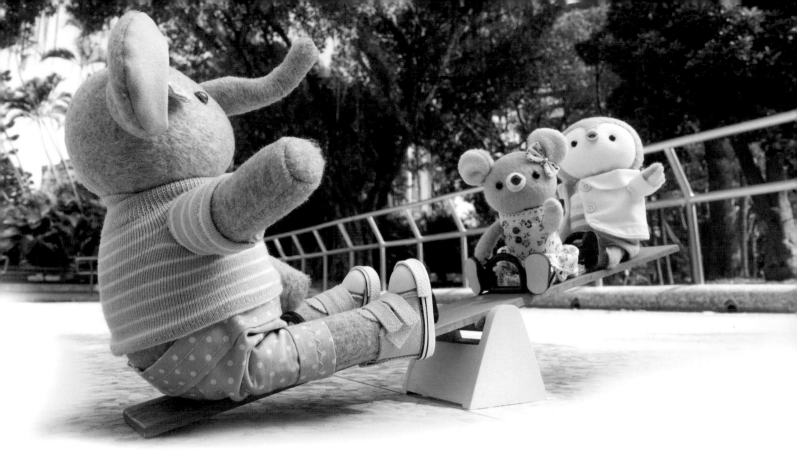

重_{ㄓㄨㄥ}一_ㄧ點_{ㄉㄧㄢ}的_{ㄉㄜ}小_{ㄒㄧㄠ}朋_{ㄆㄥ}友_{ㄧㄡ}玩_{ㄨㄢ}蹺_{ㄑㄧㄠ}蹺_{ㄑㄧㄠ}板_{ㄅㄢ}總_{ㄗㄨㄥ}是_ㄕ輕_{ㄑㄧㄥ}鬆_{ㄙㄨㄥ}獲_{ㄏㄨㄛ}勝_{ㄕㄥ}，輕_{ㄑㄧㄥ}一_ㄧ點_{ㄉㄧㄢ}的_{ㄉㄜ}小_{ㄒㄧㄠ}朋_{ㄆㄥ}友_{ㄧㄡ}玩_{ㄨㄢ}騎_{ㄑㄧ}馬_{ㄇㄚ}打_{ㄉㄚ}仗_{ㄓㄤ}最_{ㄗㄨㄟ}受_{ㄕㄡ}歡_{ㄏㄨㄢ}迎_{ㄧㄥ}。

大_{ㄉㄚˋ}家_{ㄐㄧㄚ}身_{ㄕㄣ}體_{ㄊㄧˇ}都_{ㄉㄡ}健_{ㄐㄧㄢˋ}健_{ㄐㄧㄢˋ}康_{ㄎㄤ}康_{ㄎㄤ}，
真_{ㄓㄣ}是_{ㄕˋ}太_{ㄊㄞˋ}棒_{ㄅㄤˋ}了_{ㄌㄜ˙}！

數學補給站

臺北市立大學數學系教授　蘇意雯

　　國際數學與科學教育成就趨勢調查 (Trends in International Mathematics and Science Study, TIMSS) 是國際上針對四年級和八年級學生的大型數學和科學評比，每四年施測一次。不管四年級或八年級，我們臺灣學生的數學名次歷年來都是名列前茅，有亮眼的表現。不過從考題的分析中，我們發現量感的培養，仍是必須加以關注的面向。

　　舉例來說，有一年 TIMSS 四年級的考題出現「秤一個蛋的重量，最好用哪個單位？」這個題目，選擇正確答案「公克」的國際平均是 81%，但是臺灣學生只有 73.4% 答對，有高達 24.5% 的學生以為秤一個蛋必須以「公斤」為單位。量的學習大致要經歷初步概念與直接比較、間接比較與個別單位、常用單位的約定以及常用單位的換算四個發展階段。在日常生活中，我們可以用操作活動讓小朋友實際體驗長度、容量、重量、面積等，從初步認識、直接比較、間接比較逐漸發展。也就是說在初步階段，我們可以讓小朋友從日常情境中認識該類量的意義，能做簡單自然的度量，進而體認該類量比較大小的意義。

　　以認識長度為例，我們可以讓小朋友透過觀察、操作，認識「長」、「短」、「高」、「矮」等含意，學會比較實際物體的長短、高矮的方法。有了這樣的經驗之後，接著再學習利用間接比較或是以個別單位實測的方法比較物體的長短，之後再認識長度單位「公分」、「公尺」及其關係，做相關的實測、估測與同單位的計算。

有關小朋友量感的學習，我們可以多多讓他們留意生活周遭常見的量，例如自己的身高是 100 公分，玩具小熊的身高是 30 公分；自己的體重是 15 公斤，小狗的體重是 8 公斤等等。當量的體驗活動越豐富，就越能培養及發展小朋友的量感。

與孩子的互動問答

★除了小咩和鼠鼠的圖畫，誰的畫比較長？誰的畫比較短？

★貝貝積木疊最高，疊第二高的是誰呢？

★好朋友們中，誰的身高最高？誰最矮？

★量量看體重，試著說出自己的重量。